Paulo Coelho

Guerreiro da Luz

Volume 3

2008

Paulo Coelho's website address is
www.paulocoelho.com
Paulo Coelho's blog address is
www.paulocoelhoblog.com

Copyright © Paulo Coelho 2005

The right of Paulo Coelho to be identified as the moral rights author of this work has been asserted by him in accordance with the Copyright Amendment (Moral Rights) Act 2000 (Cth).

ISBN 978-0-557-01588-7

Published by Lulu

Descobrindo o verdadeiro medo

Um sultão decidiu fazer uma viagem de navio com alguns de seus melhores cortesãos. Embarcaram no porto de Dubai, e seguiram em direção ao mar aberto.

Entretanto, assim que o navio se afastou da terra, um dos súditos - que jamais tinha visto o mar, e passara grande parte de sua vida nas montanhas - começou a ter um ataque de pânico.

Sentado no porão do navio ele chorava, gritava, e recusava-se a comer ou dormir. Todos procuravam acalma-lo, dizendo que a viagem não era tão perigosa assim mas embora as palavras dos outros chegassem aos seus ouvidos, não atigiam o seu coração. O sultão não sabia o que fazer, e a linda viagem por mares calmos e céu azul tornou-se um tormento para os passageiros e a tripulação.

Dois dias se passaram sem que ninguém pudesse dormir com os gritos do homem. O sultão já estava prestes a mandar o barco de volta ao porto, quando um de seus ministros, conhecido por ser um homem sábio, aproximou-se:

- Sua Alteza, com sua permissão, eu conseguirei acalma-lo.
Sem hesitar um momento, o sultão disse que não apenas permitia, mas que o ministro seria recompensado se conseguisse resolver o problema.

O sábio então pediu que o homem fosse atirado ao mar. Na mesma hora, contentes porque aquele pesadelo estava prestes a terminar, um grupo de tripulantes agarrou o homem que se debatia no porão, e o atiraram no oceano.

O cortesão começou a se debater, afundou, engoliu agua salgada, voltou a superfície, gritou mais forte ainda, afundou de novo, e de novo conseguiu voltar a tona. Neste momento, o ministro pediu para que o alçassem de novo até o barco.

A partir daquele momento, ninguém ouviu mais qualquer reclamação do homem, que passou o resto da viagem em silêncio, chegando mesmo a comentar com um dos passageiros que nunca tinha visto nada tão belo como o céu e o mar que se juntavam no horizonte. A viagem - que antes era um tormento para todos que se encontravam no barco - transformou-se de novo em uma experiência de harmonia e tranquilidade.

Pouco antes de retornarem ao porto, o Sultão foi procurar o ministro:

- Como é que voce podia adivinhar que, jogando aquele pobre homem no mar, ele ia ficar mais calmo?

- Por causa do meu casamento - respondeu o ministro. - Eu vivia apavorado com a idéia de perder a minha mulher, e meu ciúme era tão grande, que eu não parava de chorar e gritar como este homem.

"Um dia ela não aguentou mais, foi embora - e eu pude experimentar o terrível que seria a vida sem ela. Só voltou depois que eu prometi que jamais tornaria a atormenta-la com meus medos.

"Da mesma maneira, este homem jamais havia provado água salgada, e jamais tinha se dado conta da agonia de um homem prestes a afogar-se. Depois que conheceu isso, entendeu perfeitamente que maravilha é sentir as tábuas de um navio debaixo de seus pés.

- Sábia atitude - comentou o sultão.

- Está escrito em um livro sagrado dos cristãos, a Bíblia: "tudo aquilo que eu mais temia, terminou me acontecendo."

"Certas pessoas só conseguem valorizar o que tem, quando experimentam a sensação da perda."

Duas histórias zen sobre a busca da felicidade

A ordem natural

Um homem muito rico pediu a um mestre zen um texto que o fizesse sempre lembrar o quanto era feliz com a sua família.

O mestre zen pegou um pergaminho e, com uma linda caligrafia, escreveu:

- O pai morre. O filho morre. O neto morre.
- Como? - disse, furioso, o homem rico. - Eu lhe pedi alguma coisa que me inspirasse, um ensinamento que fosse sempre contemplado com respeito pelas minhas próximas gerações, e

o senhor me dá algo tão depressivo e deprimente como estas palavras?

- O senhor me pediu algo que sempre lhe fizesse lembrar a felicidade de viver junto à sua família. Se o seu filho morrer antes, todos serão devastados pela dor. Se o seu neto morrer, será uma experiência insuportável.

"Entretanto, se sua família for desaparecendo na ordem em que coloquei no papel, isso trata-se do curso natural da vida. Assim, embora todos passem por momentos de dor, as gerações continuarão, e seu legado demorará muito tempo."

Cada um com seu destino

Um samurai, conhecido por todos pela sua nobreza e honestidade, veio visitar um monge Zen em busca de conselhos. Entretanto, assim que entrou no templo onde o mestre rezava, sentiu-se inferior, e concluiu que, apesar de toda a sua vida lutando por justiça e paz, não tinha sequer chegado perto ao estado de graça do homem que tinha à sua frente.

- Por que estou me sentindo tão inferior? - perguntou, assim que o monge acabou de rezar. - Já enfrentei a morte muitas vezes, defendi os mais fracos, sei que não tenho nada do que me envergonhar. Entretanto, ao vê-lo meditando, senti que minha vida não tinha a menor importância.

- Espere. Assim que eu tiver atendido todos que me procurarem hoje, eu lhe darei a resposta.

Durante o dia inteiro o samurai ficou sentado no jardim do templo, olhando as pessoas entrarem e saírem em busca de conselhos. Viu como o monge atendia a todos com a mesma paciência e o mesmo sorriso luminoso em seu rosto. Mas o seu estado de ânimo ficava cada vez pior, pois tinha nascido para agir, não para esperar.

De noite, quando todos já haviam partido, ele insistiu:

- Agora o senhor pode me ensinar?

O mestre pediu que entrasse, e conduziu-o até o seu quarto. A lua cheia brilhava no céu, e todo o ambiente inspirava uma profunda tranqüilidade.

- Está vendo esta lua, como é linda? Ela vai cruzar todo o firmamento, e amanhã o sol tornará de novo a brilhar. Só que a luz do sol é muito mais forte, e consegue mostrar os detalhes da paisagem que temos à nossa frente: arvores, montanhas, nuvens. Tenho contemplado os dois durante anos, e nunca escutei a lua dizendo: por que não tenho o mesmo brilho do sol? Será que sou inferior a ele?

- Claro que não - respondeu o samurai. - Lua e sol são coisas diferentes, e cada um tem sua própria beleza. Não podemos comparar os dois.

- Então, você sabe a resposta. Somos duas pessoas diferentes, cada qual lutando à sua maneira por aquilo que acredita, e fazendo o possível para tornar este mundo melhor; o resto são apenas aparências.

O processo criativo

Todo processo criativo, seja ele na literatura, na engenharia, na informática - e até mesmo no amor - respeita sempre um mesmo padrão: o ciclo da natureza. A seguir, listo as etapas deste processo:

a] aragem do campo: no momento em que o solo é revirada, o oxigênio penetra onde antes não conseguia. O campo ganha um novo rosto, a terra que estava em cima agora está embaixo, e o que estava embaixo transformou-se em superfície. Este processo de revolução interior é muito importante - porque, da mesma maneira que o novo rosto daquele campo irá ver a luz do sol pela primeira vez, e deslumbrar-se com ela, uma reavaliação dos nossos valores permitirá ver a vida com inocência, e sem ingenuidade. Assim, estaremos preparados para o milagre da inspiração. Um bom criador tem que saber estar sempre revirando seus valores, e jamais ficar contente com aquilo que julga entender.

b] a semeadura: toda obra é fruto do contacto com a vida. O homem criador não pode trancar-se em uma torre de marfim; precisa estar em contacto com o próximo, e compartilhar sua condição humana. Nunca vai saber, de antemão, quais as coisas que serão importantes no futuro, de modo que, quanto mais intensa sua vida, mais possibilidades tem de encontrar uma linguagem original. Le Corbusier dizia que «enquanto o homem quis voar imitando os pássaros, nunca conseguiu.» O mesmo se passa com o artista: embora ele seja um tradutor de emoções, a linguagem que ele está traduzindo não é inteiramente conhecida por ele, e se tentar imitar ou controlar a inspiração, jamais chegará onde deseja. Ele precisa permitir que a vida semeie o campo fértil do seu inconsciente.

c] a maturação: existe um tempo onde a obra se escreve sozinha, com liberdade, no fundo da alma do autor - antes que este se atreva a manifesta-la. No caso da literatura, por exemplo, o livro está influenciando o escritor, e vice-versa. É sobre este momento que o poeta brasileiro Carlos Drummond de Andrade se refere, ao dizer que jamais devemos tentar recolher os versos que se perdem, pois eles não mereciam ver a luz do dia. Conheço gente que, durante a maturação, fica compulsivamente tomando notas de tudo que passa pela cabeça, sem respeitar aquilo que está sendo escrito no inconsciente. O resultado é que as notas, frutos da memória, terminam atrapalhando os frutos da inspiração. O criador precisa respeitar o tempo de gestação, embora saiba que - assim como o agricultor - ele só tem parcial controle do seu campo; está sujeito a sêca, ou a inundações. Mas, se souber esperar, a planta mais forte, que resistiu às intempéries, virá à luz com toda sua força.

d] a colheita: é o momento que o homem vai manifestar em um plano consciente aquilo que ele semeou e deixou maturar. Se colher antes, a fruta está verde, se colher depois, a fruta está podre. Todo artista sabe reconhecer a chegada deste momento; embora certas perguntas ainda não tenham maturado o suficiente, certas idéias ainda não estejam claras e cristalinas, elas irao se re-organizar a medida que a obra está sendo feita. Sem medo, e com disciplina, ele entende que é preciso trabalhar de sol a sol, até que seu trabalho esteja completo.

E o que fazer com os resultados da colheita? De novo, olhamos a Mãe Natureza: ela compartilha tudo com todos. Um artista que quer guardar sua obra para si mesmo, não está sendo justo com recebeu do momento presente, nem com a herança e os ensinamentos de seus antepassados. Se deixarmos os grãos estocados no celeiro,eles terminarão apodrecendo, embora tenham sido colhidos no momento certo. Quando a colheita termina, chega o momento em que é preciso dividir, sem medo ou vergonha, a sua própria alma.

Essa é a missão do artista, por mais dolorosa ou gloriosa que seja.

Contos sobre mestres e caminhos

Escolhendo o próprio destino

«Estou disposto a largar tudo», disse o príncipe ao mestre. «Por favor, me aceite como discípulo».

«Como um homem escolhe seu caminho?», perguntou o mestre.

«Pelo sacrifício», respondeu o príncipe. «Um caminho que exige sacrifício, é um caminho verdadeiro».

O mestre esbarrou numa estante. Um vaso caríssimo despencou, e o príncipe atirou-se ao chão para agarra-lo. Caiu de mau jeito e quebrou o braço, mas conseguiu salvar o vaso.

«Qual é o maior sacrifício: ver o vaso espatifar-se, ou quebrar o braço para salvá-lo?», perguntou o mestre.

«Não sei», respondeu o príncipe.

«Então como quer orientar sua escolha pelo sacrifício? O verdadeiro caminho é escolhido por nossa capacidade de ama-lo, não de sofrer por ele».

Superando os obstáculos

Um famoso mestre sufi foi convidado para dar um curso na Califórnia. O auditório estava repleto às 8 da manhã - hora marcada para começar - quando um dos assistentes subiu ao palco.

«O mestre está acordando agora. Tenham paciência».

O tempo foi passando, e as pessoas abandonando a sala. Ao meio-dia, o assistente voltou ao palco, dizendo que o mestre daria a palestra assim que terminasse de conversar com uma bela menina que encontrara. Grande parte da platéia saiu.

As quatro da tarde, o mestre surgiu - aparentemente alcoolizado. Desta vez, quase todos saíram; ficaram apenas seis pessoas.

«Para vocês eu ensinarei», disse o mestre, parando de representar o papel de bêbado. «Quem deseja percorrer um caminho longo, tem que aprender que a primeira lição é superar as decepções do início».

A cidade e as duas ruas

A história a seguir é contada pelo Sheikh Qalandar Shah, no seu livro "Asrar-i-Khilwatia" (Segredos dos Solitários):

No lado oriental da Armenia existia um pequeno vilarejo com duas ruas paralelas, chamadas respectivamente Via do Sul e Via do Norte . Um viajante, vindo de muito longe, passeou pela Via do Sul, e logo resolveu visitar a outra rua; entretanto, assim que chegou ali, os comerciantes notaram que seus olhos estavam cheios de lágrimas.

"Alguém deve ter morrido na via do Sul", disse o açougueiro para o vendedor de tecidos. "Veja como este pobre estranho, que acaba de chegar dali, está chorando!"

Uma criança ouviu o comentário e, como sabia que a morte era algo muito triste, começou a chorar histericamente. Pouco tempo depois, todas as crianças daquela rua estavam chorando.

O viajante, assustado, resolveu partir imediatamente. Jogou fora as cebolas que estava descascando para comer - e esta era justamente a razão de ter os olhos cheios de lágrimas - e sumiu..

As mães, entretanto, preocupadas pelo pranto das crianças, logo foram procurar saber o que estava acontecendo, e descobriram que o açougeiro, o vendedor de tecidos, e - a esta altura - vários comerciantes estavam preocupadíssimos com uma tragédia que ocorrera na Via do Sul.

Logo os boatos começaram; e como a cidade não tinha muitos habitantes, em breve todos os que moravam nas duas ruas sabiam que alguma coisa horrível havia acontecido. Os adultos começaram a temer o pior; mas preocupados com a dimensão da tragédia, resolveram não perguntar nada, a fim de não piorar a situação.

Um homem cego, que morava na Via do Sul e não entendia o que estava acontecendo, resolveu indagar:

"Por que tanta tristeza nesta cidade que sempre foi um lugar tão feliz?"

"Algo muito grave aconteceu na Via do Norte", respondeu um dos habitantes. "As crianças choram, os homens estão com a testa franzida, as mães pediram para que seus filhos voltassem para casa, e o único viajante que visitou esta cidade em muitos anos, partiu com os olhos cheios de lágrimas. Talvez a peste tenha chegado à outra rua."

Não foi necessário muito tempo para que o rumor de uma doença mortal, desconhecida, havia atingido cidade. Como, entretanto, o choro havia começado com a visita do viajante à Via do Sul, ficou claro para os moradores da Via do Norte que a peste tinha começado ali. Antes que anoitecesse, os habitantes de ambas as ruas já haviam abandonado suas casas, e partiam em direção as montanhas do Leste.

Hoje, séculos depois, o antigo lugarejo por onde passou um viajante descascando cebolas, ainda continua deserto. Não muito longe dali, surgiram duas aldeias, chamadas Via do Leste e Via do Oeste. Seus habitantes, descendentes dos antigos moradores do vilarejo, ainda não se falam, já que o tempo e as lendas se encarregaram de colocar uma grande barreira de mêdo entre eles.

Comenta o Sheikh Qalandar Shah: "tudo na vida é uma questão de atitude que temos diante das coisas, e não das próprias coisas em si mesmas. Eu tenho sempre a possibilidade de descobrir a origem de um problema, ou escolher aumenta-lo de tal maneira, que termino sem saber onde ele começou, qual a sua dimensão, como pode afetar minha existência, e como é capaz de me afastar das pessoas que antes amava."

O Zen Budismo

Como explica o Ming Zhen Shakya, o Zen está para o Budismo assim como a cabala para o Judaísmo, a contemplação para o Cristianismo, a dança sufi para o Islã: ou seja, é a prática mística de ensinamentos filosóficos ou espirituais.

A escola Zen nasce na China, misturando o budismo vindo do Nepal, com as tradições locais do taoísmo (que discutiremos no futuro). Entre os anos 700 e 1200, monges viajam para o Japão e ali desenvolvem dois tipos de meditação, baseados na postura física: o estilo Rinzai prega que todo ser humano pode atingir a iluminação se viver sua existência com respeito e sobriedade, enquanto o estilo Soto prega a importância de um longo treinamento para que este objetivo seja alcançado.

Para a maioria das religiões, um homem iluminado é aquele que consegue livrar-se de seu próprio egoísmo, entende que não passa de uma pequena - mas importante - peça no grande plano de Deus, e faz o possível para concentrar-se no bom funcionamento desta peça. À medida que avança nesta direção, as coisas supérfluas vão perdendo sua importância, e com isso o próprio sofrimento se afasta.

Para os mestres Zen, todos nós temos um conhecimento intuitivo da razão de nossa existência. Portanto, as maiorias dos ensinamentos filosóficos ou religiosos são apenas maneiras de provocar, no interior de cada um, o contacto com esta sabedoria que já está ali - enterrada debaixo de muitas camadas de preconceito, culpa, confusão mental, e idéias falsas a respeito de nossa própria importância.

O Zen budismo - principalmente aquele que viria ser elaborado a partir do estilo Soto -

desenvolveu uma série de técnicas para o ser humano chegar até esta paz e compreensão interior. Para nós, que temos uma visão mais ocidental da busca interior, estas técnicas estão profundamente relacionadas às palavras de Jesus, no evangelho de Mateus: "Quando rezares entra em seu quarto, fecha a porta, e ora para o Pai em segredo; e o Pai, que tudo ouve em segredo, te compreenderá".

O praticante zen procura um lugar calmo, e ali senta-se em uma posição onde consiga manter seu equilíbrio por longo tempo, mas sem ter a coluna apoiada; por causa disso, a mais conhecida postura mostra-o com as pernas cruzadas, e as mãos entrelaçando-se na frente, sobre o sexo. Alguns mosteiros que visitei no Japão usavam uma espécie de almofada de couro, de modo a elevar ligeiramente o corpo, permitindo uma melhor circulação do sangue nas pernas.

A partir daí, deve-se procurar manter a imobilidade pelo maior tempo possível, enquanto se obedece algumas regras simples. A cabeça deve ficar inclinada para baixo, os olhos não se devem fixar em nada, mas tampouco devem ser fechados, para evitar a sonolência. Observa-se a respiração, mas não se tenta manipular seu ritmo - ele deve ser o mais natural possível, já que à medida que o zazen (este é o nome da postura) progride, a tendência é que as inspirações e expirações se tornem mais pausadas e mais lentas.

Embora muitas pessoas que afirmam conhecer as técnicas de meditação achem que é necessário "esvaziar a cabeça", todos nós - e todos os grandes mestres de zen - sabemos que isso é impossível. Portanto, a idéia central não é tentar o controle do pensamento, das emoções, nem buscar um contacto espiritual com Deus; tudo isso virá a seu tempo, à medida que nos acalmamos.

Como a prática do Zen é extremamente simples, sem qualquer conotação religiosa ou filosófica, ela nos ajuda - paradoxalmente - a conectar-se melhor com Deus e a responder de maneira inconsciente nossas dúvidas. A próxima vez que você encontrar-se em casa, sem nada que fazer, e achando tudo aborrecido e repetitivo à sua volta, tente sentar-se em um lugar tranqüilo, ficar imóvel, e deixar que o mundo corra ao redor.

Vai perceber que, para fazer coisas muito importantes na vida, às vezes é necessário permitir-se não fazer nada.

A volta ao mundo depois de morta

Sempre pensei no que acontece enquanto espalhamos um pouco de nós mesmos pela Terra. Já cortei cabelos em Tokyo, unhas na Noruega, vi meu sangue correr de uma ferida ao subir uma montanha na França. Em meu primeiro livro, "Os Arquivos do Inferno" (que jamais foi reeditado), especulava um pouco sobre o tema, como se fosse necessário semear um pouco do próprio corpo em diversas partes do mundo, de modo que, numa futura vida, algo nos parecesse familiar. Recentemente li no jornal francês "Le Figaro" um artigo assinado por Guy Barret, sobre um caso real acontecido em junho de 2001, quando alguém que levou às últimas consequências esta idéia.

Trata-se da americana Vera Anderson, que passou toda a sua vida na cidade de Medford, Oregon. Já avançada em idade, foi vítima de um acidente cardiovascular, agravado por um enfizema do pulmão, o que a obrigou passar anos inteiros dentro do quarto, sempre conectada a um balão de oxigênio. O fato em si já é um suplício, mas no caso de Vera a situação era ainda mais grave, porque tinha sonhado percorrer o mundo, e guardara suas economias para faze-lo quando já estivesse aposentada.

Vera conseguiu ser transferida para o Colorado, de modo que pudesse passar o resto de seus dias na companhia do seu filho, Ross. Ali, antes que fizesse sua última viagem - aquela da qual jamais voltamos - tomou uma decisão. Já que nunca conseguira sequer conhecer seu país, iria então viajar depois de morta.

Ross foi até o tabelião local e registrou o testamento da mãe: quando morresse, gostaria de ser incinerada. Até aí, nada demais. Mas o testamento continua: suas cinzas deviam ser colocadas em 241 pequenas sacolas, que seriam enviadas ao chefes dos serviços de correios nos 50 estados americanos, e a cada um dos 191 paises do mundo - de modo que pelo menos uma parte do seu corpo terminasse visitando os lugares que sempre sonhou.

Assim que Vera partiu, Ross cumpriu seu último desejo com a dignidade que se espera de um filho. A cada remessa, incluía uma pequena carta, onde pedia que dessem uma sepultura digna para sua mãe.

Todas as pessoas que receberam as cinzas de Vera Anderson, trataram o pedido de Ross com respeito. Nos quatro cantos da Terra, criou-se uma silenciosa cadeia de solidariedade, onde simpatizantes desconhecidos organizaram cerimônias ritos os mais diversos, sempre levando em conta o lugar que a falecida senhora gostaria de conhecer.

Desta maneira, as cinzas de Vera foram aspergidas no lago Titicaca, na Bolivia, seguindo antigas tradiçoes dos índios Aymara; no rio diante do palácio real de Estocolmo, na margem do Choo Praya na Tailândia, em um templo xintoísta no Japão, nas geleiras da Antartida, no deserto do Saara. As irmãs de caridade de um orfanato na América do Sul (a matéria não cita em que país) rezaram por uma semana, antes de espalhar as cinzas no jardim - e depois decidiram que Vera Anderson deveria ser considerada uma espécie de anjo da guarda do lugar.

Ross Anderson recebeu fotos dos cinco continentes, de todas as raças, de todas as culturas, mostrando homens e mulheres honrando o último desejo de sua mãe. Quando vemos um mundo tão dividido como hoje, onde acreditamos que ninguém se preocupa com o outro, esta última viagem de Vera Anderson nos enche de esperança ao saber que ainda existe respeito, amor, e generosidade na alma de nosso próximo, por mais distante que ele esteja.

Quatro histórias judaicas

O que me faz sofrer

O rabino Moshe de Sassov reuniu os seus discípulos, para dizer que finalmente havia aprendido como amar seu próximo. Todos pensaram que o santo homem tivera uma revelação divina, mas Moshe negou.

- Na verdade - comentou ele - hoje de manhã eu saía de casa para algumas compras, quando vi minha vizinha, Esther, conversando com seu filho. Ela lhe perguntou:

"Você me ama?"

O filho disse que sim. Então Esther insistiu:

"Você sabe o que me faz sofrer?"

"Não tenho a menor idéia" respondeu o filho.

" Como pode me amar, se não sabe o que me faz sofrer? Procure descobrir rápido todas as coisas que me deixam infeliz, pois só assim seu amor será impecável."

E o rabino Moshe de Sassov concluiu:

- O verdadeiro amor é aquele que consegue evitar sofrimentos desnecessários.

O que alegra a Deus

No dia da Alegria da Torah, os alunos de Ball-Shem festejavam, bebendo o vinho do mestre. A mulher do rabino reclamou:

«Se tomarem o vinho, não restará nada para a santificação», disse ela.

«Acabe com a festa», respondeu o rabino.

A mulher foi ate a sala onde os alunos bebiam. Mas assim que abriu a porta, mudou de idéia e voltou ao marido.

«Por que não fizeste nada?», perguntou Baal-Shem.

«Porque dançavam, cantavam, e se alegravam com a vida», respondeu a mulher. «Não tive coragem».

«Você entendeu tudo: é desta maneira que Deus recebe a gratidão do seu povo - vendo que estão contentes. Vá até lá e sirva mais vinho aos meus discípulos», concluiu o rabino.

O lábio selado

O discípulo do rabino Nachman de Bratzlava procurou-o:

«Não consigo conversar com Deus».

«Isto acontece com frequência», comentou Nachman. «Sentimos que a boca está selada, ou que as palavras não aparecem. No entanto, o simples fato de fazer um esforço para superar situação, já é uma atitude benéfica».

«Mas não é o suficiente», insistiu o discípulo.

«Tem razão. Nestas horas, o que se deve fazer é virar-se para o alto e dizer: Meu Deus, estou tão longe de Ti que não consigo nem acreditar na minha voz».

«Porque, na verdade, Deus escuta e responde sempre. Somos nós que não conseguimos falar, com medo que Ele não preste atenção».

A prece dos rebanhos

A tradição judaica conta a história de um pastor que sempre dizia ao Senhor:» Mestre do Universo, se tiveres um rebanho, eu o guardarei de graça, pois Te amo».

Certo dia, um sábio ouviu a estranha prece. Preocupado com uma ofensa a Deus, ensinou ao pastor as rezas que conhecia. Mas, assim que se separaram, o pastor esqueceu as orações; entretanto, com medo de ofender a Deus pedindo para guardar rebanhos, resolveu abandonar por completo qualquer conversa com Ele.

Naquela mesma noite o sábio teve um sonho:» Quem guardará os rebanhos do Senhor?», dizia um anjo. «O pastor rezava com seu coração, e você ensinou-o a rezar com a boca».

No dia seguinte o sábio voltou ao campo, pediu perdão ao pastor, e incluiu a Prece do Rebanho em seu livro de salmos.

Encontro
na Galeria Dentsu

Três senhores, muito bem vestidos, apareceram no meu hotel em Tokyo.

- Ontem o senhor deu uma conferencia na Galeria Dentsu - disse um deles. - Eu entrei por acaso. Neste momento, o senhor dizia que nenhum encontro acontece por casualidade. Talvez fosse o momento de nos apresentarmos.

Não perguntei como haviam descoberto o hotel em que estava hospedado, não perguntei nada; se pessoas são capazes de superar estas dificuldades, merecem todo o respeito. Um dos três homens entregou-me alguns livros de caligrafia japonesa. Minha interprete ficou excitada: o tal senhor era Kazuhito Aida, filho de um grande poeta japonês, que eu nunca havia escutado falar.

E foi justamente o mistério da sincronicidade dos encontros que me permitiu conhecer, ler, e dividir com os leitores desta coluna um pouco do magnífico trabalho de Mitsuo Aida (1924-1998), calígrafo e poeta, cujos textos nos trazem de volta a importância da inocência:

***

Porque viveu intensamente sua vida
a grama seca ainda chama a atenção de quem passa.
As flores apenas florescem,
e fazem isso da melhor maneira que podem.
O lírio branco no vale, que ninguém vê
não precisa explicar-se para ninguém;
vive apenas para a beleza.
Os homens, porém, não podem conviver com o «apenas».

***

Se os tomates quiserem ser melões
eles se transformarão em uma farsa.
Muito me surpreende
que tanta gente esteja ocupada
em querer ser quem não é;
qual a graça de transformar-se em uma farsa?

***

Você não precisa fingir que é forte
não deve sempre provar que tudo está correndo bem,
não pode se preocupar com o que os outros estão pensando
chore se tiver necessidade
é bom chorar até não sobrar nenhuma lágrima
(pois só então poderá voltar a sorrir)

***

Eu as vezes assisto pela TV as inaugurações de túneis e pontes. Eis o que normalmente acontece: muitas celebridades e políticos locais se colocam em fila, e no centro está o ministro ou o governador do lugar. Então, uma fita é cortada, e quando os diretores da obra voltam aos seus escritórios, ali encontram várias cartas de reconhecimento e admiração.

As pessoas que suaram e trabalharam por aquilo, que pegaram na picareta e na pá, que se exauriram de trabalho no verão, ou ficaram ao relento no inverno para terminar a obra, jamais são vistas; parece que a melhor parte fica com aqueles que não derramaram o suor de seus rostos.

Eu quero ser sempre uma pessoa capaz de ver as faces que não são vistas - daqueles que não procuram fama nem glória, que silenciosamente cumprem o papel que lhes é destinado pela vida.

Eu quero ser capaz disso, porque as coisas mais importantes da existência, as que nos constroem, jamais mostram suas faces.

Histórias japonesas de mestres e discípulos

O mestre é como um sino

Um estudante recém-chegado ao mosteiro procurou o mestre Nokami, e perguntou como devia preparar-se para o exercício de meditação.

"Não tenha medo de perguntar" - foi a resposta.

"E como aprendo a perguntar?"

"Um mestre é como um sino. Se você der apenas um leve toque, tudo que escutará é uma leve vibração. Mas o me sacudir com vontade, terá um ressonar bem alto, que vai abalar até o fundo de sua alma. Pergunte com coragem, e só pare quando obtiver a resposta que procura".

Ninguém muda o destino

Diante de uma batalha decisiva, o general japonês decidiu tomar a iniciativa e atacar, mesmo sabendo que o inimigo era muito mais numeroso. Embora tivesse certeza da sua estratégia, seus homens estavam temerosos.

No caminho para o confronto, resolveram parar em um templo. Depois de rezar, o general virou-se para os seus soldados:

- Vou jogar esta moeda. Se der cara, voltaremos para o acampamento. Se der coroa, isso significa que os deuses nos protegem, e que derrotaremos o inimigo. Agora, o nosso futuro será revelado.

Jogou a moeda para o alto, e os olhos ansiosos de seus soldados viram o resultado: coroa. Todos vibraram de alegria, atacaram com confiança e vigor, e puderam celebrar a vitória no final da tarde.

Orgulhoso, seu comandante veio comentar:

- Os deuses sempre estão certos. Ninguém pode mudar o destino revelado por eles.

- você tem razão, ninguém pode mudar o destino quando estamos decididos a segui-lo. Os deuses nos ajudam, mas às vezes nós precisamos ajuda-los também. - respondeu, entregando a moeda ao seu oficial.

Os dois lados marcavam: coroa.

Esvaziando a taça

Um professor universitário foi visitar um famoso mestre Zen em Kyoto, em busca de conhecimento. Enquanto o monge servia chá, o professor comentava os exercícios, analisava os textos, interpretava as histórias e as tradições, divagava sobre os antigos processos de meditação. Fez todo o possível para impressionar seu anfitrião, na esperança que ele o aceitasse como discípulo.

Enquanto falava, o monge continuava enchendo seu copo, até que este transbordou, e o chá começou a espalhar-se pela mesa inteira.

- O que o senhor está fazendo? Não vê que o copo já está cheio, e nada mais cabe em seu interior?

- Sua alma é como este copo - respondeu o mestre. - Como eu posso ensinar-lhe a verdadeira arte do zen budismo, se ela já está cheia de teorias?

Quem é o mestre mais poderoso

Um dos discípulos de Yu estava conversando com um discípulo de Rinzai:

- Meu mestre é um homem capaz de fazer milagres, e por causa disso é respeitado por todos os seus alunos. Eu já o vi fazer coisas que estão muito alem de nossa capacidade. E o seu mestre? Que grandes milagres é capaz de realizar?

- O maior milagre do meu mestre é não precisar mostrar nenhum prodígio para convencer aos seus alunos que é um sábio - foi a resposta.

Os três cedros

Minha avó me contava a seguinte história: três cedros nasceram nas outrora lindas florestas do Líbano. Como todos nós sabemos, os cedros levam muito tempo para crescer, e estas arvores passaram séculos inteiros pensando sobre a vida, a morte, a natureza, os homens.

Presenciaram a chegada de uma expedição de Israel, enviada por Salomão, e mais tarde viram a terra coberta de sangue durante as batalhas com os assírios. Conheceram Jezabel e o profeta Elias, inimigos mortais. Assistiram a invenção do alfabeto, e deslumbraram-se com as caravanas que passavam, cheias de tecidos coloridos.

Um belo dia, resolveram conversar sobre o futuro.

- Depois de tudo o que tenho visto - disse a primeira árvore - quero ser transformada no trono do rei mais poderoso da terra.

- Eu gostaria de ser parte de algo que transformasse para sempre o Mal em Bem - comentou a segunda.

- Por meu lado, queria que toda vez que olhassem para mim, pensassem em Deus - foi a resposta da terceira.

Mais algum tempo se passou, e lenhadores apareceram. Os cedros foram derrubados, e um navio os carregou para longe.

Cada uma daquelas árvores tinha um desejo, mas a realidade nunca pergunta o que fazer com os sonhos; a primeira serviu para construir um abrigo de animais, e as sobras foram usadas para apoiar o feno. A segunda árvore virou uma mesa muito simples, que logo foi vendida para um comerciante de móveis. Como a madeira da terceira árvore não encontrou compradores, foi cortada e colocada no armazém de uma cidade grande.

Infelizes, elas se lamentavam: " Nossa madeira era boa, e ninguém encontrou algo de belo para usá-la."

Algum tempo se passou e, numa noite cheia de estrelas, um casal que não conseguia encontrar refúgio resolveu passar a noite no estábulo que tinha sido construído com a madeira da primeira árvore. A mulher gritava, com dores do parto, e terminou dando a luz ali mesmo, colocando seu filho entre o feno e a madeira que o apoiava.

Naquele momento, a primeira árvore entendeu que seu sonho tinha sido cumprido: ali estava o maior de todos os reis da Terra.

Anos depois, numa casa modesta, vários

homens sentaram-se em torno da mesa que tinha sido feita com a madeira da segunda árvore. Um deles, antes que todos começassem a comer, disse algumas palavras sobre o pão e o vinho que tinha diante de si.

E a segunda árvore entendeu que, naquele momento, ela sustentava não apenas um cálice e um pedaço de pão, mas a aliança entre o homem e a Divindade.

No dia seguinte, retiraram dois pedaços do terceiro cedro, e o colocaram em forma de cruz. Deixaram-no jogado em um canto, e horas depois trouxeram um homem barbaramente ferido, que cravaram em seu lenho. Horrorizado, o cedro lamentou a herança bárbara que a vida lhe deixara.

Antes que três dias decorressem, porém, a terceira árvore entendeu seu destino: o homem que ali estivera pregado, era agora a Luz que tudo iluminava. A cruz feita com sua madeira tinha deixado de ser um símbolo de tortura, para transformar-se em sinal de vitória.

Como sempre acontece com os sonhos, os três cedros do Líbano tinham cumprido o destino que desejavam - mas não da maneira que imaginavam.

Dois anjos no Brasil

Conta uma antiga e conhecida lenda, cuja origem não pude verificar, que uma semana antes do Natal o Arcanjo Miguel pediu que seus anjos visitassem a Terra; desejava saber se estava tudo pronto para a celebração do nascimento de Jesus Cristo. Enviou-os em duplas, sempre um anjo mais velho com um mais jovem, de modo que pudesse ter uma opinião mais completa do que ocorria na Cristandade.

Uma destas duplas foi designada para o Brasil,e terminou chegando tarde da noite. Como não tinham onde dormir, pediram abrigo numa das grandes mansões que podem ser vistas em certos lugares do Rio de Janeiro.

O dono da casa, um nobre à beira da falência (o que, aliás, acontece com muita gente que habita aquela cidade), era católico fervoroso, e logo reconheceu os enviados celestiais, por suas auréolas douradas na cabeça. Mas estava muito ocupado, preparando uma grande festa para celebrar o Natal, e não queria desarrumar a decoração quase terminada: pediu que fossem dormir no porão.

Embora os cartões de Boas Festas sejam sempre ilustrados com neve caindo, a data no Brasil cai em pleno verão; no lugar para onde os anjos foram enviados fazia um calor terrível, e o ar - cheio de umidade - era quase irrespirável. Deitaram-se em um piso duro, mas antes de começar suas orações, o anjo mais velho notou uma rachadura na parede. Levantou-se, consertou-a usando os seus poderes divinos, e voltou para prece noturna. Passaram a noite como se estivessem no inferno, tão quente que estava.

Dormiram muito mal, mas precisavam

cumprir a missão que lhes fora confiada por Deus. No dia seguinte, percorreram a grande cidade - com seus 12 milhões de habitantes, suas praias e montanhas, seus contrastes, suas paisagens belas e seus recantos horríveis. Preencheram relatórios, e quando a noite tornou a cair, começaram a viajar para o interior do país. Mas, confundidos pela diferença de hora, de novo se encontraram sem lugar para dormir.

Bateram à porta de uma casa humilde, onde um casal veio atende-los. Por não terem acesso às gravuras medievais que retratam os mensageiros de Deus, não reconheceram os dois peregrinos - mas se estavam precisando de abrigo, a casa era deles. Prepararam um jantar, apresentaram o pequeno bebê recém-nascido, e ofereceram o próprio quarto, pedindo desculpas porque eram pobres, o calor era grande, mas não tinham dinheiro para comprar um aparelho de ar condicionado.

Quando acordaram no dia seguinte, encontraram o casal banhado em lágrimas. O único bem que possuíam, uma vaca que dava leite, queijo, e sustento para a família, havia aparecido morta no campo. Despediram-se dos peregrinos, envergonhados porque não podiam preparar um café da manhã.

Enquanto andavam pela estrada de barro, o anjo mais jovem demonstrou sua revolta:

- Não posso entender tal maneira de agir! O primeiro homem tinha tudo o que precisava, e ainda assim você o ajudou. Quanto a este pobre casal, que nos recebeu tão bem, você não fez nada para aliviar o sofrimento deles!

- As coisas não são o que parecem - disse o anjo mais velho. - Quando estávamos naquele porão horrível, notei que havia muito ouro armazenado na parede daquela mansão, deixado ali por um antigo proprietário. A rachadura estava expondo parte do tesouro, e resolvi esconde-lo de novo, porque o dono da casa não sabia ajudar quem precisava.

"Ontem, enquanto dormíamos na cama que o casal nos oferecera, notei que um terceiro convidado havia chegado: o anjo da morte. Fora enviado para levar a criança, mas como eu o conheço há muitos anos, convenci que tirasse a vida da vaca, em seu lugar."

"Lembre-se do dia que está prestes a ser comemorado: como as pessoas dão muito valor à aparência, ninguém quis receber Maria. Mas os pastores a acolheram, e por causa disso, tiveram a graça de serem os primeiros a contemplar o sorriso do Salvador do Mundo."

Ushiba e o adversário

Criado pelo japonês Morihei Ueshiba (1883-1969),o Aikido é a única arte marcial que pratiquei, e na minha opinião é uma das mais interessantes. A seguir, alguns textos coletados por seus discípulos durante conversas:

A] quem tem um objetivo na vida, irá se defrontar com uma força oposta; para eliminar esta força, é preciso aprender como fazê-la trabalhar a seu favor.

B] um verdadeiro guerreiro jamais sacrifica seus amigos para derrotar o adversário; portanto, ele tem que aprender a detectar e resolver os problemas antes que eles se manifestem.

C] a melhor maneira de enfrentar-se com

o adversário é convencê-lo da inutilidade de seus gestos. O guerreiro mostra que seu objetivo não é destruir nada, mas construir sua própria vida. Quem caminha em direção ao seu sonho busca a harmonia e o entendimento antes de qualquer coisa, e não se importa de explicar mil vezes o que deseja, até ser escutado e entendido.

D] não fique olhando o tempo todo os problemas que estão no seu caminho: eles terminarão por hipnotizá-lo, impedindo qualquer ação. Tampouco fique concentrado demais nas suas próprias qualidades, porque elas foram feitas para serem usadas, e não para serem exibidas.

E] a força de um homem não está na coragem de atacar, mas na capacidade de resistir aos ataques. Desta maneira, prepare-se - através de meditação, exercícios, e uma profunda consciência de seus propósitos - para agüentar firme e continuar no caminho, mesmo que tudo e todos a sua em volta procurem afastá-lo de sua meta.

F] a derrota acontece antes da vitória. A chave para ganhar é saber perder - mas não desistir.

G] em situações extremas, principalmente quando você já está quase perto do seu objetivo, o Universo irá testar os seus propósitos, exigindo o máximo de sua energia. Esteja preparado para grandes provas, a medida que o sonho se torna realidade.

H] não olhe sua vida com ressentimento, e esteja preparado para aceitar tudo aquilo que os deuses lhe ofereceram; cada dia traz em si a alegria e a fúria, dor e prazer, escuridão e luz, crescimento e decadência. Tudo isso faz parte do ciclo da natureza - portanto não tente reclamar o lutar contra a ordem cósmica. Aceite-a, e ela lhe aceitará.

I] se o seu coração for suficientemente grande, ele será capaz de acolher todos aqueles que se opõem ao seu destino; e uma vez que você os tenha acolhido com amor, será capaz de anular a força negativa que seus adversários traziam.

J] quando perceber que um adversário se aproxima, avance e lhe diga palavras delicadas. Se ele insistir na sua agressividade, não aceite a luta a não ser que ela vá lhe acrescentar algo; neste caso, utilize a força do oponente, e não gaste a sua energia.

L] saiba o momento correto de usar cada uma das quatro qualidades que a natureza nos ensina. Dependendo das circunstancias, seja duro como um diamante, flexível como uma pena, generoso como a água, ou vazio como ar. Se a origem do seu problema é o fogo, não adianta contra-atacar com mais fogo, porque isso só irá aumentar o incêndio: neste caso, apenas a água será capaz de combater o mal. Nunca o problema pode lhe ensinar como reagir a ele - só você tem poder para isso.

Solitário no caminho

A vida é como uma grande corrida de bicicleta, cuja meta é cumprir a Lenda Pessoal - aquilo que, segundo os antigos alquimistas, é nossa verdadeira missão na Terra.

Na largada, estamos juntos - compartilhando camaradagem e entusiasmo. Mas, a medida que a corrida se desenvolve, a alegria inicial cede lugar aos verdadeiros desafios: o cansaço, a monotonia, as dúvidas sobre a própria capacidade. Reparamos que alguns amigos já desistiram no fundo de seus corações - ainda estão correndo, mas apenas por que não podem parar no meio de uma estrada. Este grupo vai ficando cada vez mais numeroso, com todos pedalando ao lado do carro de apoio - também chamado de Rotina - onde conversam entre si, cumprem suas obrigações, mas esquecem as belezas e desafios da estrada.

Nós terminamos por nos distanciar deles; e então somos obrigados a enfrentar a solidão, as surpresas com as curvas desconhecidas, os problemas com a bicicleta. Em um dado momento, depois de alguns tombos sem ninguém por perto para nos ajudar, terminamos por nos perguntar se vale a pena tanto esforço.

Sim, vale; é só não desistir. O padre Alan Jones diz que, para que nossa alma tenha condições de superar estes obstáculos, precisamos de Quatro Forças Invisíveis: amor, morte, poder e tempo.

É necessário amar, porque somos amados por Deus.

É necessária a consciência da morte, para entender bem a vida.

É necessário lutar para crescer - mas não se deixar iludir pelo poder que chega junto com o crescimento, porque sabemos que ele não vale nada.

Finalmente, é necessário aceitar que nossa alma - embora seja eterna - está neste momento presa na teia do tempo, com suas oportunidades e limitações; assim, em nossa solitária corrida de bicicleta, temos que agir como se o tempo existisse, fazer o possível para valorizar cada segundo, descansar quando necessário, mas continuar sempre em direção à luz Divina, sem deixar-se incomodar pelos momentos de angústia.

Estas Quatro Forças não podem ser tratadas como problemas a serem resolvidos, já que estão além de qualquer controle. Precisamos aceita-las, e deixar que nos ensinem o que precisamos aprender.

Nós vivemos num Universo que é ao mesmo tempo gigantesco o suficiente para nos envolver, e pequeno bastante para caber em nosso coração. Na alma do homem está a alma do mundo, o silêncio da sabedoria. Enquanto pedalamos em direção à nossa meta, é sempre importante perguntar: "o que há de bonito no dia de hoje?" O sol pode estar brilhando, mas se a chuva estiver caindo, é importante lembrar-se que isso também significa que as nuvens negras em breve terão se dissolvido. As nuvens se dissolvem, mas o sol permanece o mesmo, e não passa nunca - nos momentos de solidão, é importante lembrar-se disso

Enfim, quando as coisas estiverem muito duras, não podemos esquecer que todo mundo já experimentou isso, independente de raça, cor, situação social, crenças, ou cultura. Uma linda prece do mestre sufi Dhu 'l - Nun (egípcio, falecido em 861 AD) resume bem a atitude positiva necessária nestes momentos:

"Ó Deus, quando presto atenção nas vozes dos animais, no ruído das árvores, no murmúrio das águas, no gorjeio dos pássaros, no zunido do vento ou no estrondo do trovão, percebo neles um testemunho a Tua unidade; sinto que Tu és o supremo poder, a onisciência, a suprema sabedoria, a suprema justiça.

"Ó Deus, reconheço-Te nas provas que estou passando. Permite, ò Deus, que Tua satisfação seja a minha satisfação. Que eu seja a Tua alegria, aquela alegria que um Pai sente por um filho. E que eu me lembre de Ti com tranqüilidade e determinação, mesmo quando fica difícil dizer que Te amo."

O círculo da alegria

Conta Bruno Ferrero que, certo dia, um camponês bateu com força na porta de um convento. Quando o irmão porteiro abriu, ele lhe estendeu um magnífico cacho de uvas.

- Caro irmão porteiro, estas são as mais belas produzidas pelo meu vinhedo. E venho aqui para dá-las de presente.

- Obrigado! Vou levá-las imediatamente ao Abade, que ficará alegre com esta oferta.

- Não! Eu as trouxe para você.

- Para mim? - o irmão ficou vermelho, porque achava que não merecia tão belo presente da natureza.

- Sim! - insistiu o camponês. - Porque sempre que bati na porta, você abriu. Quando precisei de ajuda porque a colheita foi destruída pela seca, você me dava um pedaço de pão e um copo de vinho todos os dias. Eu quero que este cacho de uvas traga-lhe um pouco do amor do sol, da beleza da chuva, e do milagre de Deus, que o fez nascer tão belo.

O irmão porteiro colocou o cacho diante de si, e passou a manhã inteira a admirá-lo: era realmente lindo. Por causa disso, resolveu entregar o presente ao Abade, que sempre o havia estimulado com palavras de sabedoria.

O Abade ficou muito contente com as uvas, mas lembro-se que havia no convento um irmão que estava doente, e pensou:

"Vou dar-lhe o cacho. Quem sabe, pode trazer alguma alegria à sua vida."

E assim fez. Mas as uvas não ficaram muito tempo no quarto do irmão doente, porque este refletiu:

"O irmão cozinheiro tem cuidado de mim por tanto tempo, alimentando-me com o que há de melhor. Tenho certeza que se alegrará com isso."

Quando o irmão cozinheiro apareceu na hora do almoço, trazendo sua refeição, ele entregou-lhe as uvas.

- São para você - disse o irmão doente. - Como sempre está em contacto com os produtos que a natureza nos oferece, saberá o que fazer com esta obra de Deus.

O irmão cozinheiro ficou deslumbrado com a beleza do cacho, e fez com que o seu ajudante reparasse a perfeição das uvas. Tão perfeitas, pensou ele, que ninguém para apreciá-las melhor que o irmão sacristão; como era ele o responsável pela guarda do Santíssimo Sacramento, e muitos no mosteiro o viam como um homem santo, seria capaz de valorizar melhor aquela maravilha da natureza.

O sacristão, por sua vez, deu as uvas de presente ao noviço mais jovem, de modo que este pudesse entender que a obra de Deus está nos menores detalhes da Criação. Quando o noviço o recebeu, o seu coração encheu-se da Glória do Senhor, porque nunca tinha visto um cacho tão lindo. Na mesma hora lembrou-se da primeira vez que chegara ao mosteiro, e da pessoa que lhe tinha aberto a porta; fora este gesto que lhe permitira estar hoje naquela comunidade de pessoas que sabiam valorizar os milagres.

Assim, pouco antes do cair da noite, ele levou o cacho de uvas para o irmão porteiro.

— Coma e aproveite — disse. — Porque você

passa a maior parte do tempo aqui sozinho, e estas uvas lhe farão muito feliz.

O irmão porteiro entendeu que aquele presente tinha lhe sido realmente destinado, saboreou cada uma das uvas daquele cacho, e dormiu feliz.

Desta maneira, o círculo foi fechado; o círculo de felicidade e alegria, que sempre se estende em torno das pessoas generosas.

Ainda sobre Aikido

Da arte da paz

Aqui quero comentar sobre o Aikido, uma das poucas artes marciais que pratiquei em minha vida. Criado pelo japonês Morihei Ueshiba (1883-1969), a palavra quer dizer "A arte (ou o caminho) da paz." Lembro-me de passar noites a fio com meus companheiros, aprendendo a lutar de tal maneira que toda a energia negativa do adversário fosse dirigida contra ele mesmo.

Ueshiba, que é conhecido pelos praticantes de Aikido como "O Grande Mestre", deixou uma série de práticas filosóficas suas conferencias, poesias, e conversas com discípulos; a seguir, alguns de seus principais ensinamentos.

Onde começa a arte da paz

A arte da paz começa em você; trabalhe para conseguir com que ela permaneça ao seu lado. Todo mundo possui um espírito que pode se aperfeiçoar, um corpo que pode ser treinado, e um caminho a seguir.

Você está aqui para cumprir com estas três metas, e para isso são necessárias duas coisas: manter a tranqüilidade, e praticar a Arte em cada coisa que fizer. Nenhum de nós precisa de dinheiro, poder ou status para praticar a a Arte; neste exato momento você está com os seus pés no Paraíso, e deve treinar agora.

O universo e o homem

Tudo no universo vem da mesma fonte. Esta fonte, que chamamos de vida, contem o nosso passado, o presente, e o futuro. Na medida que o homem caminha adiante, ele pode desintegrar ou harmonizar a energia vital. O mal nasce no momento em que passamos a acreditar que é apenas nosso aquilo que pertence a todos; isso provoca soberba, desejos inúteis, e raiva. Mas aquele que não é possuido pelas coisas, termina sendo dono de tudo.

O homem e a as oito forças

Para praticar a Arte da Paz, é preciso, em algum momento, mergulhar alternadamente nas oito forças opostas que sustentam o Universo:

Movimento e inércia
Solidez e adaptação,
Contração e distensão,
Unificação e divisão.

Isso está presente em tudo, da vastidão do espaço à menor das plantas; cada coisa traz em si uma reserva gigantesca da energia universal, que pode ser usada para o bem de todos.

O crescimento constante

A vida é desenvolvimento. Para atingir isso, suba as montanhas altas e desça até os vales profundos de sua alma. Inspire e sinta que está sugando para dentro de si tudo o que existe nos céus e na Terra. Expire e sinta que o ar que sai do seu corpo carrega a semente da fecundidade, e irá fazer a humanidade ser mais verdadeira, melhor, e mais bela.

A respiração infinita

Tudo que existe acima e abaixo, também existe dentro de você. E tudo respira; quando você perceber isso, irá também compreender a Arte da Paz. Aqueles que a praticam, sabem que são guerreiros protetores da Mãe Natureza, e em cada respiração estão colocando dentro de si o sol e a lua, o paraíso e o mundo, a maré alta e a maré baixa, a primavera e o inverno, o verão e o outono.

Todo o aprendizado do homem pode ser resumido na maneira como respira conscientemente. Cada vez que faz isso, compartilha da energia poderosa que sustenta a Criação.

A atenção consciente

Faça com que cada dia seja realmente novo, vestindo-se com as bênçãos do Paraíso, banhando-se em sabedoria e amor, e colocando-se sob a proteção da Mãe Natureza. Aprenda dos sábios, dos livros sagrados, mas não esqueça que cada montanha, rio, planta, ou árvore, também tem algo para lhe ensinar.

A busca da felicidade

Por incrível que pareça, muita gente tem medo da felicidade. Para estas pessoas, estar de bem com a vida significa mudar uma serie de hábitos - e perder sua própria identidade.

Muitas vezes nos julgamos indignos das coisas boas que acontecem conosco. Não aceitamos os milagres - porque aceitá-los nos dá a sensação de que estamos devendo alguma coisa a Deus. Além disso, temos medo de nos "acostumar" com a felicidade.

Pensamos: "é melhor não provar o cálice da alegria, porque, quando este nos faltar, iremos sofrer muito".

Por medo de diminuir, deixamos de crescer, Por medo de chorar, deixamos de rir. A seguir, algumas histórias a respeito:

Nos passos de Moisés

O rabino Zuya queria descobrir os mistérios divinos. Por isso, resolveu imitar a vida de Moisés.

Durante anos, tentou comportar-se como o profeta - sem conseguir os resultados esperados. Certa noite, exausto de tanto estudar, terminou adormecendo.

No sonho, Deus lhe apareceu:

- Por que você está tão perturbado, meu filho? - perguntou.

- Meus dias na Terra terminarão, e estou longe de chegar a ser como Moisés - respondeu Zuya.

- Se eu precisasse de outro Moisés, já o teria criado - disse Deus. - Quando você aparecer diante do mim para o julgamento, não perguntarei porque não foi como Moisés, mas quem você foi. Procure ser um bom Zuya.

O jumento morre de cansaço

Nasrudin resolveu procurar novas técnicas de meditação. Selou seu jumento, foi a Índia, a China, a Mongólia, conversou com todos os grandes mestres, mas nada conseguiu.

Escutou falar que havia um sábio no Nepal: viajou até lá, mas quando subia a montanha para encontrá-lo, seu jumento morreu de cansaço. Nasrudin enterrou-o ali mesmo, e chorou de tristeza. Alguém passou, e comentou:

- Você buscava um santo, e este deve ser seu túmulo. Na certa, está lamentando sua morte.

- Não, é o lugar onde enterrei meu jumento, que morreu de cansaço.

- Não acredito - disse o recém-chegado. - Ninguém chora por um jumento morto. Isso deve ser um lugar onde os milagres acontecem, e você quer guardá-lo só para si mesmo.

Por mais que Nasrudin argumentasse, não adiantou. O homem foi até a aldeia vizinha, espalhou a história de um grande mestre que realizava curas em seu túmulo, e logo os peregrinos começaram a chegar.

Aos poucos, a notícia da descoberta do Sábio do Luto Silencioso se espalhou por todo o Nepal - e multidões acorreram ao lugar. Um homem rico foi até ali, achou que tinha sido recompensado, e mandou construir um imponente monumento onde Nasrudin enterrara "seu mestre".

Em vista disto, Nasrudin resolveu deixar as coisas como estavam. Mas aprendeu de uma vez por todas que, quando alguém quer acreditar numa mentira, ninguém lhe convencerá ao contrário.

O que é divertido no homem

Um discípulo perguntou a Hejasi:

- Quero saber o que é que mais divertido nos seres humanos.

Hejasi comentou:

- Pensam sempre ao contrário: têm pressa de crescer, e depois suspiram pela infância perdida. Perdem a saúde para ter dinheiro, e logo em seguida perdem o dinheiro para ter saúde.

"Pensam tão ansiosamente no futuro que descuidam do presente, e assim, nem vivem o presente nem o futuro.

"Vivem como se não fossem morrer nunca, e morrem como se não tivessem jamais vivido."

Aceitando que merece os dons

Durante uma palestra na Austrália, uma jovem se aproxima. "Quero lhe contar algo", me diz.

"Sempre acreditei que tinha o Dom da cura, mas nunca tive coragem de utilizá-lo com ninguém. Um dia, meu marido estava com muita dor na perna esquerda; não havia ninguém por perto para ajudar, e resolvi - morrendo de vergonha - colocar minhas mãos sobre sua perna e pedir que a dor fosse embora.

"Agi sem acreditar que seria capaz de ajudá-lo. De repente, escutei-o rezando: "Permite, Senhor, que minha mulher seja mensageira da Tua luz, de Tua força", dizia ele. Minha mão começou a esquentar, e as dores logo passaram.

"Depois perguntei porque havia rezado daquela maneira. Ele respondeu que não lembrava ter dito nada. As hoje sou capaz de curar, porque ele acreditou que era possível."

Quem ainda deseja esta nota?

Cassan Said Amer conta a historia de um palestrante começou um seminário segurando uma nota de 20 dólares e perguntando:

- Quem deseja essa nota de 20 dólares?

Várias mãos se levantaram, mas o palestrante pediu:

- Antes de entregá-la, preciso fazer algo.

Amassou-a com toda fúria, e insistiu:

- Quem ainda quer esta nota?

As mãos continuaram levantadas.

- E se eu fizer isso?

Atirou-a contra a parede, deixou-a cair no chão, ofendeu-a, pisoteou-a, e mais uma vez mostrou a nota - agora imunda e amassada. Repetiu a pergunta, e as mãos continuaram levantadas.

- Vocês não podem jamais esquecer esta cena - comentou o palestrante. - Não importa o que eu faça com este dinheiro, ele continua sendo uma nota de 20 dólares. Muitas vezes em nossas vidas somos amassados, pisados, maltratados, ofendidos; entretanto, apesar disso, ainda valemos a mesma coisa.

Frases sobre a felicidade

Eu não tento entender por que acredito na felicidade; mas acredito que eu posso entender o que é ser feliz (Santo Anselmo)

O homem na fazenda olha o avião passando e sonha com lugares distantes. O homem no avião olha a fazenda lá embaixo, e sonha com o seu lar (Carl Burns).

Lawrence LeShan e a meditação

A ginástica da mente

Lawrence LeShan participava de um congresso científico, quando reparou que um grande numero de pessoas consideradas "racionais" praticava meditação diária. Intrigado, procurou saber o porquê daquele comportamento, tão conflitante com a pratica da ciência. Durante os quatro dias de encontro, recebeu todo tipo de resposta, até que alguém disse: "é como voltar para casa." Foi o único momento em que todos os participantes do grupo concordaram com uma definição.

A partir daí, LeShan começou a pesquisar os benefícios e as dúvidas do exercício diário de concentração, e o resultado é um interessante livro, "Como meditar". A seguir, algumas das conclusões do autor:

A meditação não é invenção de um homem, de uma religião, ou de uma escola filosófica, mas a busca do ser humano em encontrar-se consigo mesmo. Em muitos lugares, e em épocas distintas, investigadores da condição humana concluíram que utilizamos muito pouco de nosso potencial de viver, expressar-se, e participar.

Meditamos para encontrar, recuperar, ou retornar a uma sabedoria e uma felicidade que inconscientemente sabemos que possuímos, embora os conflitos e desafios da existência as tenham empurrado para um canto escuro de nossa cabeça. Na medida em que passamos a nos conceder um pouco de tempo de concentração diária, descobrimos um nível superior de consciência, que nos coloca em harmonia com o universo, com a família, e com nossas atividades - incrementando nossa capacidade de amar, entusiasmar-se, e de atuar de maneira muito mais efetiva.

Comparando a meditação com a ginástica, LeShan comenta: "alguém estranho poderia achar uma loucura um ser humano subir e descer repetidamente uma barra que está presa a alguns quilos de chumbo, ou pedalar uma bicicleta que não sai do lugar, ou ainda, caminhar em uma esteira que corre por seus pés; entretanto, a finalidade destes exercício não é o chumbo, a bicicleta, ou a esteira, mas os efeitos que estas atividades provocarão no organismo da pessoa que as executa.

Da mesma maneira, sentar-se imóvel em um canto, contar as respirações, ou concentrar-se em alguns símbolos estranhos, não é o objetivo da meditação - é apenas o processo "físico" que despertará um novo estado de consciência.

Indo mais adiante na comparação com a

ginástica, LeShan afirma que o grande número de fracassos nas escolas de meditação se deve ao fato de que os professores, de certa maneira, tentam impor um padrão único aos seus alunos. Se respeitassem o exemplo dos professores de ginástica, que sabem que a cada um corresponde uma série diferente de exercícios físicos, teriam muito mais possibilidade de atingir seus objetivos.

Um ser humano normal tende a repetir o mesmo comportamento, que chamamos de "rotina". Com isso, ele passa a funcionar como uma máquina, perdendo pouco a pouco suas emoções e sentimentos; embora sofra muito porque sua vida é sempre igual, esta repetição diária de suas atividades lhe dá a sensação (irreal) de que tem absoluto controle de seu universo. Quando a "rotina" é ameaçada por um fator externo, o homem entra em pânico, porque não sabe se será capaz de lidar com as novas condições.

Ou seja: vivemos querendo que tudo mude, e ao mesmo tempo lutamos para que tudo continue como está

Embora as técnicas de meditação tenham sido desenvolvidas ou promovidas por indivíduos que se autodenominam "místicos", elas não estão necessariamente ligadas busca da espiritualidade, e sim ao encontro da paz interior. Na próxima semana, abordaremos aqui algumas das técnicas de concentração, mas seria bom terminar a coluna com um comentário de Krishnamurti a respeito desta arte milenar e - hoje em dia - muito necessária:

"A meditação não é o controle do corpo, nem técnica de respiração. Devemos estar numa postura correta quando começamos a meditar - mas as relações com o corpo terminam aí.

" Não procuremos a concentração forçada, que só nos causa ansiedade; quando meditamos direito, a verdadeira concentração aparece. Ela não surge do fato que escolhemos tais pensamentos, ou nos livramos de tais emoções. Ela aparece porque nossa alma não busca respostas.

"Quando nos livramos da necessidade de orientar as coisas ao nosso modo, permitimos que o fluxo divino nos guie até onde devemos chegar."

A percepção da realidade

Será mesmo importante esta nova percepção?

LeShan concorda que é um problema realmente complexo. Por um lado, podemos "operar" de forma muito eficiente neste mundo tal qual o conhecemos. Por outro, sabemos que um considerável número de pessoas dignas de confiança, como Gandhi, Teresa D'Avila, ou Buda, procuravam perceber esta realidade de maneira distinta, e foi isso que os impulsionou a dar passos gigantescos, e mudar o destino da humanidade.

Assim como na ginástica, onde um bom professor sempre tem uma série de exercícios diferente para cada tipo de aluno, não existe uma técnica única para meditar, e qualquer pessoa que se interessa pelo tema deve procurar descobrir sua própria maneira. Entretanto, existem alguns passos elementares, presentes em quase todas as religiões e culturas que usam a meditação como forma de encontrar a paz interior, e que descreverei a seguir (sempre tomando como base o interessantíssimo livro de Lawrence LeShan, "A arte de meditar"):

A primeira coisa é ter consciência da própria respiração. Contar o número de vezes que inspiramos e expiramos a cada dois minutos nos ajuda a concentrar nossa
que fazemos automaticamente,

nos leva para longe do cotidiano. A primeira vista isso parece muito simples, mas não podemos nos deixar enganar por esta simplicidade: quem resolver experimentar este exercício na prática, percebe que isso requer um esforço considerável e uma grande dose de paciência. Entretanto, a medida que fazemos isso (e podemos praticar a respiração consciente em qualquer lugar, seja antes de dormir, seja em um transporte coletivo em direção ao trabalho), vamos entrando em contacto com uma parte desconhecida de nós mesmos, e nos sentimos melhor.

Escolhendo o lugar: a próxima etapa seria procurar dedicar dez ou quinze minutos por dia para sentar-se em um lugar calmo, e repetir esta respiração consciente, procurando manter-se imóvel (a exemplo dos monges zen, conforme já relatamos aqui). Os pensamentos surgirão, mesmo contra a nossa vontade, e neste momento é bom lembrar a frase de Santa Tereza D'Avila a respeito de nossa mente: "um cavalo selvagem vai a qualquer lugar, exceto onde desejamos leva-lo."

Silenciando sem violência: finalmente, com o passar do tempo (mas é bom saber que isso requer um mínimo de dois ou três meses de exercício), a mente já se esvazia de maneira natural, trazendo uma grande serenidade ao nosso cotidiano. Por maiores que pareçam nossos problemas, por mais estressante que seja nossa vida, estes quinze minutos diários irão fazer muita diferença, e nos ajudar a superar - geralmente de maneira inconsciente - as dificuldades que enfrentamos.

Uma conhecida história zen conta que Lao Shi perguntou ao seu mestre, Wang Tei:

- O que devo fazer para ficar mais próximo de Deus?

Wang Tei pediu que ele o acompanhasse até o alto de uma montanha. Ali, tirou uma vela do bolso e deu para que seu discípulo acendesse. Lao Shi tentou várias vezes, sem resultado.

- Aqui venta muito, não vou conseguir.

- Mas, a três quilômetros daqui não está ventando.

- De que adianta? Eu precisaria andar até lá, para acender a vela num lugar onde não está ventando.

- Da mesma maneira, para educar a mente e iluminar a chama de Deus dentro de você , é preciso caminhar até um lugar mais calmo - respondeu Wang Thei.

Seja buscando Deus, seja apenas buscando a si mesmo, o homem que medita encontra seu lugar calmo, e consegue ter uma visão mais clara e objetiva do mundo.

Histórias sobre o príncipe das trevas

Procurando a discórdia

O demônio caminhava por uma trilha no meio de dois campos, onde lavradores colhiam uvas.

"Vou semear um pouco daquilo que os seres humanos mais gostam: ter razão no que dizem", pensou.

Colocou um chapéu onde a metade direita era verde, e a outra metade amarela.

- Sigam-me para encontrar um tesouro!- gritou para os camponeses. Depois, escondeu-se atrás de uma árvore.

Os trabalhadores correram para a estrada.

- Vamos seguir o senhor de chapéu verde - disseram os homens do campo a direita.

- Vocês estão querendo nos enganar: devemos seguir alguém de chapéu amarelo - gritavam os homens do campo a esquerda.

A discussão aumentou. Meia hora depois, os lavradores haviam esquecido o tesouro, e se matavam a golpe de foice - para ver quem tinha razão sobre a cor do chapéu.

Na busca da verdade

O demônio conversava com seus amigos, quando notaram um homem caminhando por uma estrada. Acompanharam seu trajeto com os olhos, e viram que ele abaixou-se para pegar algo no chão.

- O que ele encontrou? - perguntou um dos amigos.

- Um pedaço da Verdade - respondeu o demônio.

Os amigos ficaram preocupadíssimos. Afinal de contas, um pedaço da Verdade poderia salvar a alma daquele homem - e seria menos um no Inferno. Mas o demônio continuava imperturbável, olhando a paisagem.

- Você não se preocupa? - disse um dos seus companheiros. - Ele achou um pedaço da Verdade!

- Não me preocupo - respondeu o demônio. - Sabe o que ele fará com este pedaço? Como sempre, vai criar uma nova religião. E conseguirá afastar mais pessoas da Verdade total.

A tentação do justo

Um grupo de demônios procurava entrar na alma de um homem santo que vivia perto do Cairo; já o haviam tentado com mulheres da Núbia, comidas do Egito, tesouros da Líbia, mas nada havia dado resultado.

Um dia, Satanás ia passando, e viu o esforço,o de seus servos.

- Vocês não entendem nada - disse Satanás. - Não utilizaram a única tentação que ninguém resiste; vou ensiná-los.

Aproximando-se do homem santo, sussurrou em seus ouvidos:

- Lembra do padre que estudou com você? Acaba de ser nomeado Bispo de Alexandria.

Na mesma hora, o homem santo teve um

ataque de raiva, e blasfemou contra a injustiça,a de Deus.

— Da próxima vez, usem logo esta tentação — disse Satanás aos servos. — Um homem pode resistir a quase tudo, mas sempre tem inveja da vitória do seu irmão.

Em busca do caminho perdido

Saímos pelo mundo em busca de nossos sonhos e ideais, embora sabendo que muitas vezes colocamos em lugares inacessíveis tudo aquilo que está ao alcance das mãos. Quando descobrimos o erro, começamos a achar que perdemos muito tempo buscando longe o que estava perto; e por isso nos deixamos invadir pelo sentimento de culpa, pelos passos errados, pela procura inútil, pelo desgosto que causamos.

Não é bem assim: embora o tesouro esteja enterrado na sua casa, você só irá descobri-lo quando se afastar. Se Pedro não tivesse experimentado a dor da negação, não teria sido escolhido como chefe da Igreja. Se o filho pródigo não tivesse abandonado tudo, jamais seria recebido com festa por seu pai.

Existem certas coisas em nossas vidas que tem um selo dizendo: "você só irá entender meu valor quando me perder - e me recuperar". Não adianta querer encurtar este caminho.

O padre cisterciense Marcos Garcia, que vive em Burgos, Espanha, comentava: "às vezes Deus retira uma determinada benção para que a pessoa possa compreende-Lo além dos favores e dos pedidos. Ele sabe até que ponto pode provar uma alma - e nunca vai além deste ponto.

"Nestes momentos, jamais digamos que Deus nos abandonou. Ele jamais faz isto; nós é que podemos, às vezes, abandona-Lo. Se o Senhor nos coloca uma grande prova, também sempre nos dá as graças suficientes - eu diria, mais que suficientes - para ultrapassa-la. Quando nos sentirmos longe do Seu rosto, devemos nos perguntar: estamos sabendo aproveitar o que Ele colocou em nosso caminho?"

No Japão, fui convidado a visitar Guncan-Gima, onde existe um templo zen-budista. Quando cheguei lá, fiquei surpreso: a belíssima estrutura está situada no meio de uma imensa floresta, mas com um gigantesco terreno baldio ao lado. Perguntei a razão daquele terreno, e o encarregado explicou:

- É o local da próxima construção. A cada vinte anos, destruímos este templo que você está vendo, e o reconstruímos ao lado.

"Desta maneira, os monges carpinteiros, pedreiros e arquitetos, tem possibilidade de estar sempre exercendo suas habilidades, e ensina-las - na prática - aos seus aprendizes. Mostramos também que nada na vida é eterno - e até mesmo os templos estão num processo de constante aperfeiçoamento."

Se o que você está percorrendo é o caminho dos seus sonhos, comprometa-se com ele. Não deixe a porta de saída aberta, através da desculpa: "ainda não é bem isto que eu queria". Esta frase - tão utilizada - guarda dentro dela a semente da derrota.

Assuma o seu caminho. Mesmo que precise dar passos incertos, destruir e construir constantemente, mesmo que saiba que pode fazer melhor o que está fazendo. Se você aceitar suas possibilidades no presente, com toda certeza vai melhorar no futuro.

O Mestre Achaan Chah recebeu uma bela área de terra, para que pudesse edificar um mosteiro. Chah precisava viajar por algum tempo e deixou a construção a cargo de seus discípulos.

Quando voltou - cinco meses depois - nada havia sido feito. Os discípulos já haviam encomendado vários estudos aos arquitetos

Um deles perguntou para Chah:

_ Qual dos projetos devemos levar adiante? Como devemos proceder para tomar a decisão certa?

Chah respondeu:

- Quando se quer o bem, os resultados são sempre bons.

Libertos do medo de errar, a decisão foi tomada e o resultado foi magnífico.

Enfrente seu caminho com coragem, não tenha medo da crítica dos outros. E - sobretudo - não se deixe paralisar por sua própria crítica.

Deus é o Deus dos valentes.

Trazendo Deus para a vida real

Muitas vezes vemos a busca espiritual como algo distante da nossa realidade. Nada pode ser mais equivocado que esta atitude; Deus está em tudo que nos cerca, e muitas vezes nós só O servimos quando estamos ajudando o nosso próximo. A seguir, algumas histórias a respeito:

Dando o exemplo

Perguntaram a Dov Beer de Mezeritch:

"Qual o melhor exemplo a seguir? São os homens piedosos, que dedicam sua vida a Deus? São os homens cultos, que procuram entender a vontade do Altíssimo?

"O melhor exemplo é a criança", respondeu.

"A criança não sabe nada. Ainda não aprendeu o que é a realidade", foi o comentário geral.

"Vocês estão muito enganados, porque ela possui três qualidades que nunca devíamos nos esquecer", disse Dov Beer. "Esta sempre alegre sem razão. Está sempre ocupada. E quando deseja qualquer coisa, sabe exigi-la com insistência e determinação".

A prece e as crianças

Um pastor protestante, depois de constituir família, não tinha mais tranqüilidade para orar. Certa noite, ao ajoelhar-se, foi perturbado pela brincadeira das crianças na sala.

"Manda os meninos ficarem quietos!" gritou.

No metrô de Tóquio

Terry Dobson viajava num metrô em Tóquio, quando um bêbado entrou, e começou a ofender todos os passageiros.

Dobson, que estudava artes marciais há alguns anos, encarou o homem.

"O que voce quer?" perguntou o bêbado.

Dobson preparou-se para atacá-lo. Neste momento, um velhinho sentado num dos bancos, gritou: "Ei!"

"Vou bater no estrangeiro, depois bato em você!", disse o bêbado.

"Eu também costumo beber", disse o velho. "Sento-me todas as tardes com minha mulher, e tomamos sakê. Você tem mulher?"

O bêbado ficou desnorteado. e respondeu: "não tenho mulher, não tenho ninguém. Só tenho vergonha de mim".

O velho pediu que o bêbado sentasse ao seu lado. Quando Dobson desceu, o homem estava chorando.

No lugar desejado

Uma amiga vem servir nossa mesa - num café em San Diego, Califórnia. Eu a conheci Cláudia no Brasil há quatro anos, e conto aos amigos a vida que está levando nos EUA: dorme apenas três horas - pois trabalha no café até tarde, e é baby-sitter durante o dia inteiro.

"Não sei como agüenta", diz alguém.

"Existe um conto budista sobre uma tartaruga", responde uma argentina em nossa mesa.

"Ela caminhava por um pântano, suja de lama, quando passou diante de um templo. Ali viu um casco de tartaruga - todo adornado de ouro e pedras preciosas.

"Não te invejo, antiga amiga", pensou a tartaruga. "Você está coberta de jóias, mas eu estou fazendo o que quero".

Descascando laranjas

Ernest Hemingway, o autor do clássico "O Velho e o Mar", misturava momentos de dura atividade física com períodos de inatividade total. Antes de sentar-se para escrever as páginas de um novo romance, passava horas descascando laranjas e olhando o fogo.

Certa manhã, um repórter notou este estranho hábito.

"Você não acha que está perdendo tempo?", perguntou o jornalista. "Você é que tão famoso, não devia fazer coisas mais importantes?"

"Estou preparando a minha alma para escrever, como um pescador prepara seu material antes de sair ao mar", respondeu Hemingway. "Se ele não fizer isto, e achar que só o peixe é importante, jamais irá conseguir coisa alguma".

Duas histórias sobre montanhas

Aqui onde estou

Depois de ter vencido muitos concursos de arco e flecha, o campeão da cidade foi procurar o mestre zen.

- Sou o melhor de todos - disse. - Não aprendi religião, não procurei ajuda dos monges, e consegui chegar a ser considerado o melhor arqueiro de toda região. Soube que, durante uma época, o senhor foi o melhor arqueiro da região, e pergunto: havia necessidade de virar um monge para aprender a atirar?

- Não - respondeu o mestre zen.

Mas o campeão não se deu por satisfeito: retirou uma flecha, colocou em seu arco, disparou, e atingiu uma cereja que se encontrava muito distante. Sorriu, como quem diz: "o senhor podia ter poupado o seu tempo, dedicando-se apenas à técnica." E disse:

- Duvido que o senhor repita isso.

Sem demonstrar a menor preocupação, o mestre entrou, pegou seu arco, e começou a caminhar em direção a uma montanha próxima. No caminho, existia um abismo que só podia ser cruzado por uma velha ponte de corda apodrecida, quase despencando: com toda a calma, o mestre zen foi até o meio da ponte, tirou seu arco, colocou a flecha, apontou uma árvore do outro lado do despenhadeiro, e acertou o alvo.

- Agora é você - disse gentilmente para o rapaz, enquanto voltava para terreno seguro.

Aterrorizado, olhando o abismo aos seus pés, o jovem foi até o lugar indicado, atirou, mas sua flecha atingiu um lugar muito distante do alvo.

- Para isso valeu a disciplina e a prática da meditação - concluiu o mestre, quando o rapaz voltou para o seu lado. - Você pode ter muita habilidade com o instrumento que escolheu para ganhar a vida, mas tudo isso é inútil, se não consegue dominar a mente que utiliza este instrumento.

Contemplando o deserto

Três pessoas que passavam em uma pequena caravana, viram um homem contemplando o entardecer no deserto de Saara do alto de uma montanha.

- Deve ser um pastor que perdeu uma ovelha, e procura saber onde está - disse o primeiro.

- Não, não creio que esteja procurando algo, muito menos na hora do pôr-do-sol, onde a vista fica confusa. Acho que espera um amigo.

- Garanto que é um homem santo, e procura a iluminação, - comentou o terceiro.

Começaram a comentar o que o tal homem fazia, e tanto se empenharam na discussão que quase terminaram brigando. Finalmente, para resolver quem tinha razão, decidiram subir a montanha e ir até o homem.

- O senhor está procurando sua ovelha? - perguntou o primeiro.

- Não, não tenho rebanho.

- Então, com certeza, espera alguém - afirmou o segundo.

- Sou um homem solitário, que vive no deserto - foi a resposta.

- Por viver no deserto, e na solidão, devemos acreditar que é um santo, em busca de sinais de Deus, e está meditando! - disse, contente, o terceiro homem.

- Será que tudo na Terra precisa ter uma explicação? Pois então explico: estou aqui apenas olhando o pôr-do-sol: isso não basta para dar um sentido à nossas vidas?

A Roda do Tempo

Carlos Castaneda foi sem dúvida o mais importante escritor da geração hippie, embora jamais tenha sido aceito pela intelectualidade - mas ele pouco se importava com isso. Como fiz ano passado, dedico de novo um número do Guerreiro da Luz Online ao seu trabalho, e transcrevo a seguir alguns trechos de seus livros:

***

Um guerreiro aceita a responsabilidade de seus atos - mesmo os mais triviais. O homem comum nunca assume seus erros, mas assume qualquer vitória, mesmo que seja dos outros. Ele é um ganhador ou um perdedor, e pode transformar-se em perseguidor ou vítima, mas jamais chegará a condição de guerreiro, porque não merece.

***

Um guerreiro as vezes deve ser disponível, e as vezes deve estar oculto. É inútil para um guerreiro estar todo tempo disponível, assim como é inútil esconder-se quando todos sabem onde ele está escondido. Alternando a disponibilidade com a indisponibilidade, ele não se cansa a toa, e não cansa aqueles que estão ao seu lado.

***

Para o homem comum, o mundo é estranho porque, quando não está cansado de viver, está sofrendo por coisas que acredita não merecer. Para um guerreiro, o mundo é estranho porque é estupendo, pavoroso, misterioso, insondável. A arte do guerreiro consiste em equilibrar o terror de ser um homem, com a maravilha de ser um homem.

***

Os atos tem poder. Especialmente quando o guerreiro sabe que cada luta pode ser sua última batalha. Existe uma estranha felicidade em agir com pleno conhecimento da idéia que podemos morrer no próximo minuto.

***

O mais difícil neste mundo é adotar a postura de um guerreiro. De nada serve estar triste, queixar-se, o dizer que alguém está nos fazendo mal. Ninguém está fazendo nada a ninguém, e muito menos à um guerreiro.

***

A confiança do guerreiro não é a confiança do homem comum. O homem comum busca a aprovação nos os olhos do espectador, e chama a isso de certeza. O guerreiro busca ser impecável perante si mesmo, e chama a isso de humildade. O homem comum está ligado aos seus semelhantes, o guerreiro está conectado com o infinito.

***

Há muitas coisas que um guerreiro pode fazer em um determinado momento, e que não podia fazer há alguns anos. Não foram as coisas que mudaram; o que mudou foi a idéia que o guerreiro tinha a respeito de si mesmo.

***

O poder sempre coloca ao alcance do guerreiro um centímetro cúbico de sorte. A arte do guerreiro consiste em ser permanentemente fluido, para consegui-lo utilizar.

***

Todo mundo dispões de suficiente poder para conseguir alguma coisa. O segredo do guerreiro consiste em desviar a energia que antes dedicava a suas fraquezas, e utilizá-la em seu propósito nesta vida.

O nagual Elias e a segunda chance

Carlos Castaneda conta como o mestre do seu mestre, Julian Osório, se transformou em um nagual - espécie de feiticeiro, segundo certas tradições mexicanas.

Julian trabalhava como ator em um teatro itinerante no interior do México. Entretanto, a vida de artista era apenas um pretexto para fugir das convenções impostas por sua tribo: na verdade, o que Julian mais gostava era beber e seduzir mulheres - qualquer tipo de mulher, que encontrava durante suas apresentações teatrais. Exagerou tanto, exigiu tanto da saúde, que terminou contraindo tuberculose.

Elias, um feiticeiro muito conhecido entre os índios iaques, dava seu passeio vespertino quando encontrou Julian caído no campo; sangrava pela boca, e a hemorragia era tão intensa, que Elias - capaz de ver o mundo espiritual - percebeu que a morte do pobre ator já estava próxima.

Usando algumas ervas que carregava na bolsa, conseguiu estancar a hemorragia. Depois, virou-se para Julian:

- Não posso curá-lo - disse. - Tudo que podia fazer, já fiz. Sua morte já está bem próxima.

- Não quero morrer, sou jovem - respondeu Julian.

Elias, como todo nagual, estava mais interessado em comportar-se como um guerreiro - concentrando sua energia na batalha da sua vida - do que ajudando alguém que nunca tinha respeitado o milagre da existência. Entretanto, sem conseguir explicar porque, resolveu atender o pedido.

- Vou às cinco da madrugada para as montanhas - disse. - Espere-me na saída do povoado. Não falte. Se você não vier, vai morrer antes do que pensa: seu único recurso é aceitar meu convite. Nunca poderei reparar o dom que você já fez ao seu corpo, mas posso desviar seu avanço até o precipício da morte. Todos os seres humanos caem neste abismo, mais cedo ou mais tarde; você está a alguns passos dele, e não posso fazê-lo recuar.

- O que pode fazer então?

- Posso fazer com que caminhe pela borda do abismo. Vou desviar seus passos para que você siga pela enorme extensão desta margem entre a vida e a morte; pode andar para a direita ou para a esquerda, mas, enquanto você não cair nele, continuará vivo.

O nagual Elias não esperava grande coisa do ator, um homem preguiçoso, libertino, e covarde. Ficou surpreso quando, às cinco da manhã do dia seguinte, encontrou-o esperando num dos extremos do lugarejo. Levou-o para as montanhas, ensinou-o os segredos dos antigos naguais mexicanos, e com o tempo Julian Osório se transformou num dos mais respeitados feiticeiros iaques. Nunca ficou curado da tuberculose, mas viveu até os 107 anos, sempre caminhando na beira do abismo.

Quando chegou o momento adequado, começou a aceitar discípulos, e foi o responsável pelo treinamento de Don Juan Matus, que por sua vez ensinou as antigas tradições a Carlos Castaneda. Castaneda, com sua série de livros, terminou popularizando estas tradições no mundo inteiro.

Uma tarde, conversando com outra discípula de D. Juan, Florinda, esta comentou:

- É importante para todos nós examinar o caminho do nagual Julian à beira do abismo. Nos faz entender que todos temos uma segunda chance, mesmo que já estamos muito próximos de desistir.

Castaneda concordou: examinar o caminho de Julian significava entender sua extraordinária luta para manter-se vivo. Entendeu que esta luta era travada segundo a segundo, sem qualquer descanso, contra os hábitos errados e a auto-piedade. Não era uma batalha esporádica, mas um esforço disciplinado e constante para manter o equilíbrio; qualquer distração ou momento de debilidade poderia arrojá-lo no abismo da morte.

Só havia uma maneira de vencer as tentações de sua antiga vida: enfocar toda a sua atenção na beira do abismo, concentrar-se em cada passo, manter a calma, não ter apego a nada além do momento presente.

Na minha opinião , estas lições servem para cada um de nós.

Estatutos para o momento presente

1] Todos os homens são diferentes. E devem fazer o possível para continuar sendo.

2] A todo ser humano foram concedidas duas maneiras de agir: a ação e a contemplação. Ambos levam ao mesmo lugar.

3] A todo ser humano foram concedidas duas qualidades: o poder e o dom. O poder dirige o homem ao encontro com o seu destino, o dom o obriga a dividir com os outros o que há de melhor em si mesmo.

4] A todo ser humano foi dada uma virtude: a capacidade de escolher. O que não utiliza esta virtude, a transforma em uma maldição - e outros escolherão por ele.

5] Todo ser humano tem direito a duas bênçãos, a saber: a benção de acertar, e a benção de errar. No segundo caso, sempre existe um aprendizado que o conduzirá ao caminho certo.

6] Todo ser humano tem um perfil sexual próprio, e deve exercê-lo sem culpa - desde que não obrigue os outros a exercê-lo com ele.

7] Todo ser humano tem uma Lenda Pessoal a ser cumprida, e esta é a sua razão de estar neste mundo. A Lenda Pessoal manifesta-se através do entusiasmo com sua tarefa.
Parágrafo único: pode-se abandonar por certo tempo a Lenda Pessoal, desde que não se esqueça dela, e volte assim que for possível.

8] Todo homem tem o seu lado feminino, e toda mulher tem o seu lado masculino. É necessário usar a disciplina com intuição, e usar a intuição com objetividade

9] Todo ser humano precisa conhecer duas linguagens: a linguagem da sociedade e a linguagem dos sinais. Uma serve para a comunicação com os outros. A outra serve para entender as mensagens de Deus.

10] Todo ser humano tem direito à busca da alegria, e entende-se por alegria algo que o deixa contente - não necessariamente aquilo que deixa os outros contentes.

11] Todo ser humano deve manter viva dentro de si a sagrada chama da loucura. E deve comportar-se como uma pessoa normal.

12] São considerados faltas graves apenas os seguintes itens: não respeitar o direito do próximo, deixar-se paralisar pelo medo, sentir-se culpado, achar que não merece o bom e o mal que lhe acontece na vida, e ser covarde.

Parágrafo 1 - amaremos nossos adversários, mas não faremos alianças com eles. foram colocados no nosso caminho para testar nossa espada, e merecem o respeito de nossa luta.

Parágrafo 2 - escolheremos nossos adversários.

13] Todas as religiões levam ao mesmo Deus, e todas merecem o mesmo respeito.

Parágrafo único - Um homem que escolhe uma religião, também está escolhendo uma maneira coletiva de adorar e compartilhar os mistérios. Entretanto, ele é o único responsável por suas ações no Caminho, e não tem o direito de transferir para a religião a responsabilidade de suas decisões.

14] Fica decretado o fim do muro que separa o sagrado do profano: a partir de agora, tudo é sagrado.

15] Tudo que é feito no presente afeta o futuro por conseqüência, e o passado por redenção.

Revogam-se as disposições em contrário.

Histórias sobre histórias sagradas

A outra mulher

Eva passeava pelo Jardim do Éden, quando a serpente se aproximou.

"Coma esta maçã", disse a serpente.

Eva, muito bem instruída por Deus, recusou.

"Coma esta maçã", insistiu a serpente, "porque você precisa ficar mais bela para o seu homem".

" Não preciso" respondeu Eva, "porque

ele não tem outra mulher além de mim".

A serpente riu: "Claro que tem".

E como Eva não acreditasse, levou-a até o alto de uma colina, onde existia um poço.

"Ela está dentro desta caverna; Adão escondeu-a ali".

Eva debruçou-se e viu, refletida na água do poço , uma linda mulher. Na mesma hora, sem titubear, comeu a maçã que a serpente lhe oferecia.

Depois do dilúvio

No final dos quarenta dias de dilúvio, Noé saiu da arca. Desceu cheio de esperança, mas o que encontrou do lado de fora foi apenas a destruição e a morte.

Noé reclamou:

"Deus Todo Poderoso, se Tu conhecias o futuro, por que criastes o homem? Só para ter o prazer de castigá-lo?"

Um perfume triplo subiu até os céus: o incenso, o perfume das lágrimas de Noé, e o aroma de suas ações. Então Deus respondeu:

" As preces de um homem justo sempre são ouvidas. Vou te dizer porque fiz isto: para que entendesses tua obra. Tu e teus descendentes estarão sempre reconstruindo um mundo que veio do nada - e desta maneira dividiremos o trabalho e as conseqüências. Agora somos todos responsáveis".

Mais um reflexo, mais uma história

Caim e Abel pararam na beira do imenso lago. Jamais tinham visto algo semelhante.

"Tem alguém aí dentro", disse Abel, olhando para a água, sem saber que via seu reflexo.

Caim reparou a mesma coisa, e levantou seu bastão. A imagem fez a mesma coisa. Caim ficou aguardando o golpe; sua imagem também.

Abel contemplava a superfície da água. Sorriu, e a imagem sorriu. Deu uma boa gargalhada, e viu que o outro o imitava.

Quando saíram dali, Caim pensava:

"Como são agressivos os seres que vivem naquele lugar".

E Abel dizia para si mesmo:

"Quero voltar lá, porque encontrei alguém bonito e com bom humor."

Também estou lá fora

Na parábola do Filho Pródigo, o irmão que sempre obedeceu ao pai fica indignado ao ver que o filho rebelde é recebido com festa e alegria. Da mesma maneira, muitas pessoas obedientes à palavra do Senhor, terminam se transformando em carrascos impiedosos daqueles que algum dia se afastaram da Lei.

Na pequena cidade do interior, um conhecido pecador foi impedido de entrar na igreja.

Indignado, começou a rezar:

"Jesus, me escuta. Não querem me deixar entrar em sua casa, porque acham que não sou digno".

"Não se preocupe, meu filho", respondeu Jesus. "Eu também estou do lado de fora, junto com aqueles com quem sempre estive - os pecadores como você".

Não questionar a busca

Sri Ramakrisna conta que um homem estava prestes a cruzar um rio quando o mestre Bibhishana se aproximou, escreveu um nome numa folha, amarrou-a nas costas do homem, e disse:

- Não tenha medo. Sua fé lhe ajudará a caminhar sobre as águas. Mas no instante em que perder a fé, você se afogará.

O homem confiou em Bibhishana, e começou a caminhar sobre as águas, sem qualquer dificuldade. A certa altura, porém, teve um imenso desejo de saber o que seu mestre havia escrito na folha amarrada em suas costas.

Pegou-a, e leu o que estava escrito:

"Ó deus Rama, ajuda este homem a cruzar

o rio".

"Só isto?",pensou o homem. "Quem é esse deus Rama, afinal?"

No momento em que a dúvida instalou-se em sua mente, ele submergiu e afogou-se na correnteza.

O mestre não sofre com os maus discípulos?

Um discípulo perguntou a Firoz:

- A simples presença de um mestre, faz com que todo tipo de curioso se aproxime, para descobrir algo do que se possam beneficiar. Isto não pode ser prejudicial e negativo? Isto não pode desviar o mestre do seu caminho, ou fazer com que sofra porque não conseguiu ensinar o que queria?

Firoz, o mestre sufi, respondeu:

- A visão de um abacateiro carregado de frutas desperta o apetite de todos que passam por perto. Se alguém deseja saciar sua fome alem da sua capacidade, termina comendo mais abacates que necessário, e passa mal. Entretanto, isto não causa nenhum tipo de indigestão ao dono do abacateiro.

"O mesmo se passa com a Busca. O caminho precisa estar aberto para todos; mas Deus se encarrega de colocar os limites de cada um".

Made in the USA
Lexington, KY
05 March 2010